MW01254629

Pour Else.
P. C.

À Cléa et Ninon.
A. B.

© 2003 Père Castor Éditions Flammarion
Imprimé en France
ISBN : 2-08161675-0

PIERRE CORAN

ALINE BUREAU

images en comptines

le marché

Père Castor
Flammarion

une pastèque

Elle est si fraîche,
la pastèque.
Sa chair est si parfumée
     qu'on oublie
     que le fruit
     est plein,
plein de gros pépins.

des kiwis

Sur la peau,
le kiwi
a des poils.

Si ! Si ! Si !

Quand il est
découpé,
chaque rondelle
cache une étoile.

un ananas

Vu comme ça,
l'ananas
a l'air d'une plante en pot.

Mais voilà,
ce qui change,
c'est que le pot,
il se mange.

une pomme

Avec les pommes achetées
à la roulotte du marché,

dis, Mamy, tu me fais
de la compote
pour le goûter ?

Mmm !

Papa, as-tu choisi
ce que tu cuiras à midi ?

Rôti de bœuf
ou poulet rôti ?

Dès que tu sauras lequel,
          n'oublie pas
de lui couper ses ficelles.

de la viande

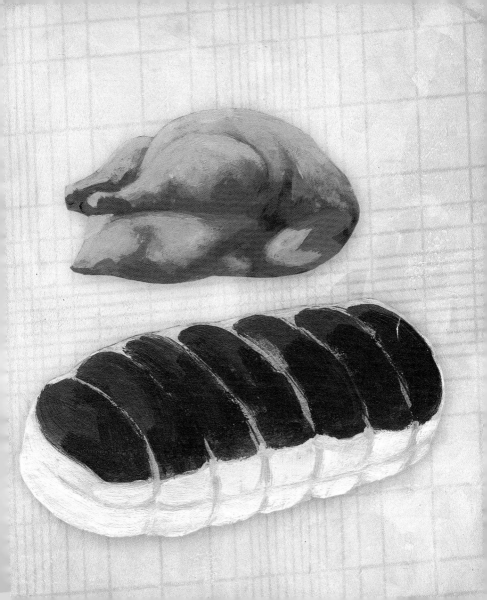

une aubergine

À la cuisine,
que deviennent
– dîner, dînette –
les aubergines violettes ?

Dans l'assiette, elles finissent
farcies de chair à saucisse.

Citron coupé
pique à la bouche
mais je le suçote.

Citron pressé
pique à la bouche
mais je bois le jus.

Pourquoi ? Devine !
J'ai une angine.

des citrons

des poissons

Les poissons du poissonnier,

du maquereau au saumon
et du saumon au rouget,

ce midi, vont cuire
dans la poêle à frire.

Mais ce qui m'embête,
c'est qu'ils ont tous des arêtes.

du raisin

Raisin noir et blanc raisin,

que de grappes !
Que de grappes
pour en faire du jus,
              du vin,

raisin noir et blanc raisin.

Je mords une pêche.

Dans ma bouche,
elle fond,
la pêche,

elle fond
plus vite qu'un glaçon,
la pêche qui sent bon.

une pêche

Au verger,
que devient la fleur du poirier ?

Une poire.
Chacun le sait.

Et chez moi,
que devient la poire du poirier ?

De la tarte
ou un sorbet.

des poires

une fraise

Tendre fraise,
tu es si sucrée
et si parfumée
sous mes dents
qu'à l'instant,
tu en perds
ton chapeau vert.

La fruitière
m'a offert
deux cerises jumelles.

Toutes deux sont si belles,
si belles à regarder,
si rouges de soleil

qu'au lieu de les manger,
je les pends à l'oreille.

des cerises

du fromage

Crottin de chèvre,
et gruyère troué

sont des fromages
que je partage
du bout des lèvres
avec les souris du grenier.

des tomates

Tomate crue ?
Tomate cuite ?
Tomate en sauce ?
Tomate en jus ?

Qu'est-ce que tu prends
sur le menu
du restaurant ?

une salade

À chacun sa salade !

La laitue,
c'est pour ma tortue.
La frisée,
c'est pour ma poupée.
La romaine,
(la moins vilaine !)
c'est pour ma bedaine.

des carottes

D'une botte
de carottes,
sais-tu vraiment
ce que tu manges ?

Tu manges les racines.

Et les feuilles ?
C'est pour les lapins, lapines.

de l'ail

Si Papa décortique
une gousse d'ail,
pour la frotter
sur un croûton,
il n'a pas les yeux qui piquent
– non ! non ! non ! –

un oignon

Après l'ail,
si Papa pèle un oignon
– aïe ! aïe ! aïe ! –
il pleure
comme un vieux chaudron.

des petits pois

Quand six petits pois
sortent de leur gousse
en pousse-pousse,
ils sont mis en boîte
avant qu'ils n'éclatent.

Puis un jour, ils roulent
autour d'un pigeon
avec du sel et un oignon.

un radis

Tu radotes si tu me dis
que je deviens un lapin
quand je croque des radis.

Un lapin a horreur
du sel et du beurre.

un chou

– Dites-moi, Monsieur,
combien pour vos choux ?

– Ce matin, les plus gros
coûtent deux euros.

– Dites-moi, et à midi,
combien pour vos brocolis ?

– À midi, c'est gratuit
car le marché est fini.

Épluché,
découpé,
le concombre est mangé
ou posé
en rondelles
pour que la peau soit belle.

des concombres

des poireaux

Les poireaux
ont des cheveux verts,
un peu de travers.

Les poireaux
bien lavés
ont le corps
plus blanc que blanc
et des poils aux pieds.

Poireaux

Avant d'être purée,
pomme sautée,
frite ou croquette,

la pomme de terre
rouge ou grise
doit enlever sa chemise.

une pomme de terre

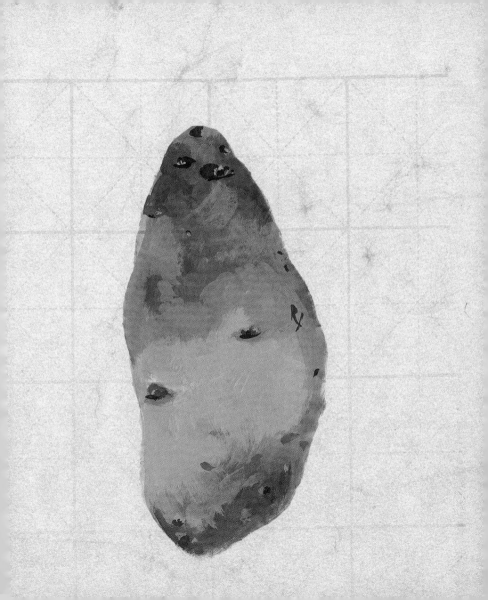

Poivrons rouges,
poivrons jaunes,
poivrons verts :

des poivrons

peu importe leur couleur
quand ils fondent dans la chaleur
de la marmite à vapeur.

un artichaut

Je t'aime
un peu,
beaucoup...

Effeuille un artichaut
comme une marguerite,
et tu trouveras vite
où se cache son cœur.

index

Imprimé en France par PPO Graphic, 93 500 Pantin – 04-2003 – N° d'impression : 5849
Éditions Flammarion (N°1675) – Dépôt légal : mai 2003
Loi n° 49-956 du 16 juillet 1949 sur les publications destinées à la jeunesse